Sechs silberne Saiten

Frank Goosen

Sechs silberne Saiten

Eine Weihnachtsgeschichte

Illustrationen
von Peter Schössow

Eichborn

1

Er war nicht mehr ganz jung, brauchte das Geld aber noch immer. Der Bart juckte, und der Bauch verrutschte ständig, so dass es manchmal aussah, als habe Holger ein riesiges Geschwür an der Hüfte oder direkt unter dem Kinn.

Nur noch heute, nur noch ein paar Minuten. Es war der Morgen des 24. Dezember. Seit drei Wochen gab er hier am Eingang des großen Supermarktes den Weihnachtsmann. Er saß auf einem Holzstuhl mit hoher Lehne, auf die Elchgeweihe geklebt waren. Um ihn herum Kunstschnee, der mittlerweile nicht nur an den Rändern schwarz geworden war. Erwachsene Frauen und Männer, die ihre Kinder auf ihn hetzten: »Ja, schau mal, da ist ja der Weihnachtsmann! Und was für einen Bart der hat! Geh doch mal hin und sag ihm, was du dir zu Weihnachten wünschst!«

Heute waren sie alle besonders nervös. Noch schnell etwas einkaufen für die Feiertage! Die letzten, wirklich allerletzten Geschenke besorgen! Holger fragte sich, was das für Geschenke waren, die man sich im Supermarkt beschaffte, aber tatsächlich kamen nicht wenige Leute an ihm vorbei, die kleine und große Weihnachtspäckchen schleppten. Verschenkten die Wurst? Oder Nudeln? Reis?

Es war fünf vor elf. Um elf hatte er Feierabend. Und dann? Das erste Weihnachtsfest, das er komplett allein verbringen würde. Der Wetterbericht hatte vage Hoffnungen auf weiße Weihnachten gemacht, doch was da aus den Wolken kam, war ein besonders fieser Mix aus Schnee und Regen. Es herrschte die Art von feuchter Kälte, die Kleidung, Haut und Knochen durchdrang.

Ein gutes Dutzend Kinder war heute schon bei ihm gewesen. Einige hatten mit großen Augen und offenem Mund vor ihm gestanden und kein Wort herausgekriegt. Andere hatten ihre Wünsche

Heute waren alle besonders nervös.

heruntergerattert wie auswendig gelernt. Wieder andere wollten alles gleich mit nach Hause nehmen.

Immer wenn die automatischen Türen des Supermarktes auseinander glitten, drang etwas von der weihnachtlichen Musikberieselung nach draußen – ein industriell gefertigtes Potpourri der bekanntesten Klassiker von *Stille Nacht* über *Süßer die Glocken* bis hin zu *Jingle Bells* und *White Christmas*, alles unterlegt mit dem ewig gleichen Beat. Hatte Weihnachten sich schlecht benommen oder wieso wurde es mit dieser Musik bestraft?

Ein silberner, altersschwacher Golf bog auf den Parkplatz ein. Vorne saß eine Frau, hinten ein etwa zehnjähriger Junge, der Holger anstarrte wie etwas, vor dem man sich ekeln muss. Die Frau bugsierte den Wagen in eine der sehr engen Parkboxen und nach einem kurzen, aber offenbar heftigen Wortwechsel, den Holger durch die Heckscheibe beobachtete, stiegen die beiden aus. Die Frau trug einen langen, braunen Mantel aus Wildlederimitat, mit einer fellbesetzten Kapuze, die fast bis auf ihre Nase reichte. Holger fragte sich, wie die Frau navigierte, da ihr offenbar jede Sicht genommen war. Trotzdem steuerte sie zielstrebig auf ihn zu.

»Schau mal, Dennis!«, kam es aus dem breiten, mit glänzendem Lippenstift verzierten Mund unterhalb des Fellrandes. »Das ist der Weihnachtsmann! Und was für einen Bart der hat! Geh doch mal hin und sag ihm, was du dir zu Weihnachten wünschst!«

Ein schöner Mund, dachte Holger. Wäre nicht uninteressant, den Rest der Frau zu sehen.

Dennis trug einen gelben Daunenanorak und eine schwarze Baseballmütze. Er hatte dichte, dunkle Brauen und braune Augen. Seine Schneidezähne hielten seine Unterlippe gefangen und über seiner Nasenwurzel stand eine steile Falte.

»Will nicht!«

»Ach geh doch mal! Das ist doch toll, wenn man mal mit dem Weihnachtsmann sprechen kann!«

Auch ihre Stimme war sehr angenehm. Volltönend und dunkel.

Widerwillig kam der Junge ein paar Schritte näher. Holger nickte ihm beruhigend zu und streckte die Hand aus. »Ho, ho, ho!«, machte er. »Du musst der Dennis sein!«

»Huch«, rief die Mutter, »woher weiß der Weihnachtsmann DAS denn?«

»Du hast es gerade laut und deutlich gesagt, Mama!«

Dennis kam näher. So schüchtern, wie er tat, war er gar nicht, denn im nächsten Moment setzte er sich bei Holger auf den Schoß. Das war dem zwar ein bisschen zu viel, aber er konnte den Jungen ja schlecht wieder runterschmeißen.

»Also, lieber Weihnachtsmann!«, sagte der Junge so laut, dass seine Mutter ihn gut verstehen konnte, »darf ich dir sagen, was ich mir zu Weihnachten wünsche?«

»Ho, ho, ho! Natürlich mein Junge, deshalb sitze ich ja hier!«

»Und es kommt auch noch rechtzeitig an? Wie schaffst du das nur?«

»Ach, ich habe eine Menge Elfen und Zwerge und viele kleine Helferlein!«

Dennis kicherte wie ein richtiges Kind, aber Holger hatte den Eindruck, er tue das nur seiner Mutter zuliebe.

»Mama«, sagte Dennis, »ich sage es dem Weih-

»Darf ich dir sagen, was ich mir zu Weihnachten wünsche?«

nachtsmann ins Ohr, okay? Wenn es alle hören, bringt es Unglück!«

Die Mutter lachte und nickte. Dennis beugte sich vor, hielt eine Hand neben seinen Mund und flüsterte: »Okay, und nun zu uns beiden. Ich weiß natürlich, dass du nicht der Weihnachtsmann bist, sondern irgendein Versager, der sein Studium nicht auf die Reihe kriegt. Entweder du schiebst mir sofort fünfzig Euro durch deinen falschen Bart oder ich fange an zu brüllen und sage, du hättest mich befummelt.«

Holger war fassungslos. »Hast du sie noch alle?«

Dennis wandte sich seiner Mutter zu. »Mama, was macht der Onkel da?«

Holger brach der Schweiß aus. Wenn der Junge das durchzog, war Holger geliefert. Wer würde ihm schon glauben! Heute sahen die Leute doch an jeder Ecke Kinderschänder! Ihm blieb nichts anderes übrig. Unauffällig steckte er dem Jungen seinen letzten Fünfziger zu.

»Okay, das war klug von dir«, sagte Dennis leise. »Und denk dran: keine Tricks und keine Bullen!«

Dennis sprang von Holgers Schoß und griff nach

der ausgestreckten Hand seiner Mutter. Als die automatischen Türen des Supermarktes auseinander glitten, drehte sich der Junge noch einmal um, bildete mit Daumen, Zeige- und Mittelfinger eine Pistole, waagerecht gehalten wie in einem Tarantino-Film, und machte »Pow!« wie ein amerikanisches Ghetto-Kid. Die Mutter, die ihre Kapuze mittlerweile zurückgeschlagen hatte, lächelte schwach, als wollte sie sagen: Er war kein Wunschkind.

Und das Gesicht der Frau hatte durchaus gehalten, was der Mund und die Stimme versprochen hatten. Aber wenn das Leben all seine Versprechungen halten würde, dachte Holger, dann müsste ich nicht hier sitzen.

Carola hatte schon Recht: Er war ein Versager.

2

Trotz des miesen Wetters ging Holger zu Fuß nach Hause. Durch die Erpressung dieses hoffnungsvollen Nachwuchskriminellen war seine ohnehin schmale Barschaft auf weniger als zwanzig Euro zusammengeschrumpft. Da sparte er sich lieber den Bus, auf den er sowieso noch zwanzig Minuten hätte warten müssen.

Wie konnte man sich so fertig machen lassen! Von einem Kind! Carola hatte schon Recht: Er war ein Versager.

Der Wind frischte auf. Regentropfen und Schneeflocken peitschten ihm noch unbarmherziger ins Gesicht. Nach wenigen Minuten war er komplett durchnässt.

Auf dem Dr.-Ruer-Platz wurden die Buden des

Weihnachtsmarktes abgebaut. Obwohl die Geschäfte noch bis zwei geöffnet hatten, waren kaum noch Menschen unterwegs. Die saßen jetzt alle im Warmen und freuten sich auf die Bescherung. Na ja, nicht alle. Nicht wenige standen und saßen dicht gedrängt in den Cafés und Kneipen, tranken Glühwein und Bier, während im Hintergrund viel zu laut Mix-CDs mit poppigen Weihnachtsliedern liefen. Die Leute in den Kneipen hatten Freunde, waren gut gelaunt und ein bisschen angetrunken, alles Dinge, die Holger durchaus auch schätzte. Als er zum Engelbertbrunnen kam, hörte er aus drei Kneipen gleichzeitig *Last Christmas* von Wham! Nein, dachte Holger, dann lieber einsam, deprimiert und nüchtern. Er blieb ein paar Minuten stehen und ging eine Wette mit sich selbst ein, welche Nummer als nächstes käme. Die Wette gewann er: Aus zwei Etablissements dröhnte jetzt *Do they know it's Christmas*. Nein, da wird kein Schnee in Afrika sein zu diesem Weihnachtsfest. Du weißt, dass es dir wirklich dreckig geht, wenn du dir von Bono helfen lassen musst.

Die Currywurstbude neben dem Union-Theater hatte schon geschlossen. Schade. Eine scharfe

Wurst wäre jetzt genau das Richtige gewesen. Irgendwas, das schmeckte wie der Rest des Jahres.

Plötzlich aber blieb Holger stehen und blickte sich um. Wenn er es nicht besser gewusst hätte, hätte er gesagt, das Standbild des Grafen Engelbert vor dem Mini-mal-Supermarkt sänge *Stand by your man*! Und das nicht mal schlecht! Holger bewegte sich zwei Meter nach rechts, da sah er ihn: einen Weihnachtsmann-Kollegen mit einer Westerngitarre. Das interessierte Holger. Er trat näher.

Von der Figur her war der Weihnachtsmann stattlich. Der brauchte kein Kissen unter dem roten Wams. Ansonsten aber wirkte er einigermaßen heruntergekommen. Sein weißer Bart war an den Rändern schwarz, als hätte sein Träger eine Zeit lang im Rinnstein gelegen. Seine Stimme war rau und kratzig und passte so gar nicht so Tammy Wynettes Herzschmerz-Klassiker, den er im Übrigen gerade mit einem lange nachhallenden Dur-Akkord ausklingen ließ.

Der Weihnachtsmann schob sich die Gitarre auf den Rücken, sah sich um und erblickte Holger, der seine Augen kaum von den sechs silbernen Saiten abwenden konnte, mit denen die Gitarre bespannt war.

»Schön, dass es Ihnen gefallen hat!«

Holger hatte zwar nichts in dieser Richtung verlauten lassen, hielt aber den Mund.

»Kommen Sie, kommen Sie!«, rief der Weihnachtsmann und machte einladende Handbewegungen. Es wäre unhöflich gewesen, dem nicht Folge zu leisten, zumal sie ja Kollegen waren.

»Sie können sich was wünschen«, sagte der Weihnachtsmann. »Ein Lied. Wie wäre es mit Hank Williams? Oder Johnny Cash? Friede ihren Seelen!«

Holger überlegte, ob er sich aus reiner Bosheit etwas von Truck Stop wünschen sollte. Aber wieso? Der Mann hatte ihm nichts getan. Und er hatte einen guten Musikgeschmack.

»Ich spiele die Lieder der Aufrechten für die Seelen der Beladenen. Mehr kann ich nicht tun, ich bin nur der Weihnachtsmann, .«

Er holte die Gitarre hinter seinem Rücken hervor und spielte, ohne Holgers Antwort abzuwarten *I'll never get out of this world alive.* Weihnachtliche Lichterketten leuchteten gegen das diffuse Schlechtwetterlicht an. Graf Engelbert, die Taubentoilette, blickte starr in die andere Richtung. Holger fragte sich, wieso die sechs silbernen Saiten an der Gitarre des Weihnachtsmannes so intensiv leuchteten. Er hatte früher selbst Gitarre gespielt, damals, als er die jungen Mädchen Anfang der Achtziger als politisch bewusster Aushilfs-Dylan hatte beeindrucken wollen, aber solche Saiten waren ihm nie untergekommen. Ihr Klang war voller als alles, was Holger bisher gehört hatte. Man hatte den Eindruck, mehr als nur ein Instrument zu hören.

Als er das Lied beendet hatte, sagte der Weihnachtsmann: »Sie dürfen mich zu einem Glühwein einladen!«

Er ging los. Holger folgte ihm, ohne zu wissen, wieso und wohin.

»Wie heißen Sie, mein Sohn?«, fragte der Weihnachtsmann, nachdem sie schon ein paar Minuten schweigend nebeneinander hergegangen waren.

»Holger.«

»Guck mal, es kann sprechen!«, sagte der Weihnachtsmann.

Sie gingen in ein nahe gelegenes Café, das hauptsächlich von älteren Damen besucht wurde und deshalb auch nicht total überfüllt war. Außerdem lief keine Musik.

Holger hatte erwartet, dass der Weihnachtsmann den Bart abnehmen würde, aber da hatte er sich getäuscht.

»Und wie heißen Sie?«, wollte Holger wissen, als der Glühwein kam.

»Kannst mich duzen«, sagte der Weihnachtsmann und blickte nach draußen. »Ist es nicht schön«, fuhr er dann fort, »wie fröhlich die Menschen in diesen Tagen sind? Sie singen und sie tanzen, sie fassen sich gegenseitig an den Hintern. Advent – eine schöne Zeit.«

Der Weihnachtsmann klang verbittert. Holger eröffnete ihm, dass er in den zurückliegenden drei Wochen selbst als Weihnachtsmann gearbeitet habe.

»Der Job macht immer weniger Spaß«, sagte der Andere. »Die Leute haben keine Manieren mehr. Nur noch fressen, saufen, fernsehen.«

Befeuert vom wärmenden Glühwein sagte Holger: »Heißt es nicht fressen, *ficken,* fernsehen?«

»Nicht mal mehr das, mein Junge.«

»War es denn früher anders?«

Der Weihnachtsmann atmete tief durch. »Ach, irgendwie schon. Ich weiß nicht. Es kommt mir heute schlimmer vor. Kann aber auch an mir liegen. Wenn man schon so lange dabei ist ... Für die Kinder ist es immer noch schön. Haben Sie Kinder?«

»Nein.« Holger erzählte von der Sache mit Dennis.

»Kinder sind unsere Zukunft«, sagte der Weihnachtsmann. »Aber die Zukunft ist auch nicht mehr das, was sie früher mal war. Karl Valentin hat das, glaube ich, gesagt.«

Holger seufzte. »Wenn Dennis die Zukunft ist, dann bin ich gerne die Vergangenheit.« Aber die Mutter würde ich schon gern mal wieder sehen, dachte er. Nur mal anschauen.

In erstaunlicher Geschwindigkeit hatte der Weihnachtsmann seinen Glühwein ausgetrunken und bestellte bei der ältlichen Bedienung mit der kurzen, weißen Schürze zwei weitere, obwohl Holger seinen nicht mal zur Hälfte geschafft hatte. Immerhin, ihm war jetzt warm und im Kopf machte sich diese angenehme Betäubung breit, die mit gemäßigtem Alkoholgenuss einherging.

»Ich habe Ihren Namen vorhin nicht verstanden«, sagte Holger.

»Wieso hast du keine Kinder?«, entgegnete der Weihnachtsmann.

»Ich habe ja nicht mal eine Frau.«

»Dann sehen wir uns nicht.«

»Wie meinst du das?«

»Heute Abend. Wenn du keine Kinder hast, bringe ich keine Geschenke.«

»Das ist ungerecht.«

»So ist das Leben.«

Die Bedienung brachte noch zwei Glühwein. Holger kippte den Rest seines ersten etwas zu schnell hinunter und musste kurz die Augen schließen.

»Ich bin der Udo«, sagte der Weihnachtsmann. Sie stießen an. Holger nippte nur und nahm sich erstens vor, dieses Glas sehr viel langsamer zu trinken als das vorherige und zweitens, danach nach Hause zu gehen. Wenn er auch nicht wusste warum. Dort wartete niemand auf ihn. War die Vorstellung, sich

»Ich habe Ihren Namen vorhin nicht verstanden«, sagte Holger.

mit einem Weihnachtsmann namens Udo zu betrinken, nicht sehr viel verlockender, als allein zu Hause zu sitzen und darauf zu warten, dass es vorbeiging? Nein, wenn Holger darüber nachdachte, dann hatte diese Vorstellung etwas zutiefst Deprimierendes. Man trank mit Udos, kein Problem, aber nicht mit gleichnamigen Weihnachtsmännern, die mit schmutzigen Bärten in der Innenstadt standen und Countrysongs sangen.

»Wieso machst du das eigentlich?«, fragte Holger, den Alkohol immer etwas vorlaut machte, unvermittelt.

»Du meinst, in der Fußgängerzone stehen und den Leuten Countrysongs vorsingen?« Udos Augen wirkten plötzlich nicht mehr wie die eines alten, betrunkenen Mannes, sondern ganz wach und intelligent. »Nun, mein Junge, ich glaube an die Kraft eines guten Liedes. Das richtige Lied zur richtigen Zeit kann dein Leben verändern. Sag bloß, das weißt du nicht?«

Holger dachte daran, wie er zum ersten Mal *Let's get it on* von Marvin Gaye gehört hatte, im Arm von Stephanie Klinger, nachdem sie ihn beherzt entjungfert hatte, und war geneigt, Udo Recht zu geben.

Plötzlich legte Udo einen Finger ans Ohr und schien angestrengt zu lauschen. Da er sich, neben dem weißen Bart, auch noch eine weiße Lockenperücke aufgesetzt hatte, konnte Holger nicht erkennen, was er da machte. Er fragte sich, wieso Udo nicht wenigstens die Perücke abgenommen hatte, darunter musste es doch wahnsinnig heiß sein.

»Okay«, sagte Udo und nahm die Hand vom Ohr. »Grad' noch einen Auftrag reingekriegt«, fügte er hinzu. »Hab keine Zeit mehr. Muss mich ein bisschen beeilen, sonst schaffe ich das alles nicht. Die Rechnung geht ja auf dich, mein Junge, nicht wahr?«

»Einen Moment noch!«, sagte Holger, als Udo schon aufstand. »Was sind das für Saiten da an deiner Gitarre? So welche habe ich noch nie gesehen!«

Udo beugte sich zu Holger hinunter und flüsterte: »Verrate es keinem, aber das sind Saiten, die gibt es gar nicht!« Dann kippte er den noch immer kochend heißen Glühwein hinunter wie Wasser. Auch Holger nahm noch einen tiefen Schluck, und einer Eingebung folgend, griff er nach Udos Bart, um mal zu sehen, was für ein Gesicht darunter zum Vorschein kommen würde, doch als er an den Haaren zog, passierte nichts weiter, außer dass Udo »He lass das!« rief.

»Der ist echt?«, sagte Holger verblüfft.

»Blitzmerker. Ich muss los. War nett, dich kennengelernt zu haben, mein Junge. Man sieht sich!«

Holger blickte Udo, dem trinkfesten, singenden Weihnachtsmann nach, wie er, mit der Gitarre auf dem Rücken, durch die Tür auf die Straße trat und kurz stehenblieb. Sechs silberne Saiten schimmerten im Dezembergrau. Udo entfernte sich nach rechts. Holger überkam Mitleid mit dem alten Mann, der nicht nur einsam war und ein Alkoholproblem hatte, sondern auch noch Stimmen hörte. Er ließ sich die Rechnung bringen.

3

Johnny Cash. Udo hatte ihn auf eine Idee gebracht. Zu den Klängen von *It was Jesus* glitt er nun in das heiße, nach Tannennadeln duftende Badewasser. Die CD war ein Geschenk von Carola gewesen, der Badezusatz von seiner Großmutter. Jahrelang hatte die Flasche auf dem Wannenrand gestanden, da Holger sonst nur duschte. Er griff nach dem am Boden stehenden Glas Rotwein, nahm einen Schluck und fand, dass man es auch schlechter treffen konnte.

Wenn er den Kopf auf den Wannenrand legte, konnte er aus dem Fenster sehen. Der Himmel war noch immer bleigrau, aber der Schneeregen hatte aufgehört.

Why me Lord? sang Johnny Cash, und das fragte

sich Holger auch manchmal. Obwohl, es lag ja alles an ihm selbst. Sein Romanprojekt über eine unglückliche Jugendliebe in den Achtzigern trat seit zwei Jahren auf der Stelle, die Jobs, die er annehmen musste, wurden immer öder und seit Carola ihn verlassen hatte, weil er ihr zu träge geworden war, waren auch schon wieder acht Monate vergangen. Seither erschöpfte sich die Erotik in seinem Leben in Rempeleien an der Wursttheke.

Der Wein, die Wärme und die ätherischen Öle machten ihn ganz benommen. Aufpassen, dachte er, sonst bist du schon vor der Bescherung betrunken.

Guter Witz.

Ebenso wie *The greatest cowboy of them all.* Gott als Kuhtreiber? Und wir sind die Kühe? Das würde einiges erklären.

Das Wasser war nicht mehr ganz so heiß und Johnny Cash sang gerade *Were you there (when they crucified my Lord)*, als das Telefon klingelte. Holger fühlte sich unfähig, das immer noch lauwarme Wasser zu verlassen. Andererseits fragte er sich, wer ihn um diese Zeit anrufen könnte, am Nachmittag des

Heiligen Abends. Wollte Carola sich entschuldigen und gestehen, dass alles ein Fehler war und sie Weihnachten nicht ohne ihn verbringen konnte?

Der Anrufbeantworter sprang an. Kurz darauf hallte die Stimme seiner Mutter durch die Wohnung. Holger stemmte sich aus dem Wasser hoch, nahm den Bademantel vom Haken an der Badezimmertür und zog ihn über, während er, Fußspuren hinterlassend, zur Stereoanlage ging, um die Musik auszuschalten. Bis dahin hatte seine Mutter schon dreimal gesagt, er solle gefälligst abnehmen, sie wisse, dass er da sei. Nicht mal seine Mutter traute ihm zu, dass er heute etwas vorhatte. Du weißt, dass es dir wirklich schlecht geht, wenn Bono für dich singt und deine Mutter sich keine Hoffnungen mehr macht.

»Hallo Mama!«

»Habe ich dich geweckt?«

»Mama, es ist halb zwei!«

»Tu nicht so! Normalerweise liegst du um diese Zeit noch im Bett!«

Einmal, ein einziges Mal nur hatte sie ihn erwischt, als er bis mittags geschlafen hatte. An Neujahr! Nach einer rauschenden Silvesternacht in Sprockhövel.

»Ich habe heute schon gearbeitet«, sagte er, obwohl er wusste, dass es nichts nützen würde.

»Na ja, was du so arbeiten nennst! Bald ist Weihnachten.«

»*Heute* ist Weihnachten. Aber was hat das eine mit dem anderen zu tun?«

»Es ist Weih-nachten!«

»Herrgott, na und?«

Seine Mutter seufzte, als könne sie nicht glauben, was sie da vor mehr als dreißig Jahren auf die Welt gebracht hatte.

»Hast du etwas von deinem Vater gehört?«, fragte sie.

Unter dem dünnen Bademantel fing Holger an zu frieren. Er stand noch immer neben der Basisstation des Telefons in der Diele, doch da das hier länger zu dauern schien, ging er ins Wohnzimmer, wo es etwas wärmer war, und setzte sich aufs Sofa.

»Du weißt, ich rede nicht mit ihm«, sagte er.

»Das ist rücksichtslos«, antwortete seine Mutter mit Nachdruck.

»Ich habe nicht den Eindruck, dass ihn das sonderlich trifft.«

»Es ist rücksichtslos *mir* gegenüber. Wie du genau weißt, rede ich schon viel länger nicht mit ihm. Und zwar ziemlich genau, seitdem er mit dieser Schlampe durchgebrannt ist. Wenn du aber auch nicht mit ihm redest, weiß ich nicht, was er treibt. Es ist traurig, dass ich dir das immer wieder vorbeten muss!«

Holger hörte, wie die etwa zweihundert Reifen an ihrem rechten Arm klirrten, während sie ihre Zigarettenspitze zum Mund führte und daran zog. Da keine Zigarette in der Spitze steckte, gab es nur einen pfeifenden Ton.

»Nuckelst du wieder an diesem Ding herum?«

Seine Mutter machte ein Geräusch, als gebe sie Rauch von sich und überging seine Frage. »Es ist Weihnachten. Ich will wissen, was dein Vater treibt.«

»Wieso?«

»Lass das mal meine Sorge sein!«

»Lass ihn doch einfach in Ruhe.«

»Er hat keine Ruhe verdient. Hat er dich schon gefragt, was du dir zu Weihnachten wünschst?«

»Du weißt doch, Papa fragt mich nicht, der schenkt einfach!«

»Siehst du, er interessiert sich gar nicht für die Wünsche und Bedürfnisse anderer!«

»Es wird nicht wahrer, wenn du es ständig wiederholst!«

»Willst du ihn verteidigen?«

»Nein, ich will *dich angreifen.*«

Die Mutter seufzte. »Wie du weißt, habe ich nur eine Brust.«

»Wie könnte ich das vergessen.« Seine Mutter vergaß selten, zu erwähnen, dass sie dem Krebstod nur durch die Amputation der linken ihrer beiden stattlichen Brüste von der Schippe gesprungen war. Sie war stolz darauf. Stolz, dass sie den ganzen Mist mit der Chemotherapie, dem Haarausfall, den Kotz- und Durchfallanfällen und den Depressionen nach der »Kastration«, wie sie es nannte, überlebt hatte. Holger fand, das konnte sie auch. Aber auf Familienfeiern erst ihre Narbe und dann ihre, zugegeben noch immer perfekt geformte rechte Brust zu zeigen, ging dann doch etwas zu weit. Ihrem Ruf innerhalb der Familie war das nicht förderlich. Wenngleich Holger fast den Eindruck hatte, für einige weibliche Verwandte war der Neid auf die verbliebene Brust seiner Mutter größer als die Empörung über ihr unmögliches Benehmen.

»Was ist?«, blaffte die Mutter ins Telefon. »Gehe ich dir damit auf die Nerven?«

»Ehrlich gesagt, ja.«

»Ich war fast tot!«

»Aber eben nur fast.«

»Hört sich an, als würdest du das bedauern.«

»Das ist doch Quatsch. Ich bewundere dich, wie du das alles durchgestanden hast, aber du musst mich nicht ständig daran erinnern. Ich war dabei.«

»Im Gegensatz zu deinem Vater. Womit wir wieder beim Thema wären.«

»Nein, er hat mich nicht gefragt, was ich zu Weihnachten haben will.«

»Gut, dann frage ich dich jetzt. Und wenn dein Vater anruft, dann sag ihm, dass ich schon längst angerufen und gefragt habe.«

»Mama, es ist kurz vor zwei. Die Geschäfte haben praktisch schon zu.«

»Bei uns haben sie bis drei auf!«

Das war eine glatte Lüge, aber er traute ihr zu, dass sie um eine Minute nach zwei so lange an die Tür irgendeines Ladens hämmerte, bis man ihr doch noch was verkaufte. Man muss organisieren können, war ihr Motto. Was so viel hieß wie: Man muss in der Lage sein, den Menschen auf die Nerven zu gehen, bis es wehtut, dann kriegt man auch, was man will.

»Du brauchst mir nichts zu Weihnachten zu schenken«, sagte Holger.

»Oh nein, mein Sohn, so nicht! Hinterher heißt es, deine Mutter, diese alte Hexe, schenkt dir nichts zu Weihnachten! Ich weiß doch, wie so etwas läuft. Wenn du mir nicht sagst, was du haben willst, schenke ich dir irgendwas, das dir garantiert nicht gefällt!«

Diese Gefahr bestand. Holger erinnerte sich noch immer voller Grauen an die altrosafarbene Badezimmergarnitur, die seine Mutter ihm vor einigen Jahren überreicht hatte, nachdem er die Weigerung, ihr gegenüber einen Wunsch zu äußern, konsequent durchgezogen hatte. Dabei hatte sie die Badezimmergarnitur genauso gehasst wie er selbst.

»Mama, es ist kurz vor zwei …«

»Na gut«, sagte er, »da gibt es ein Buch, das mich interessiert.« Er wusste, dass direkt gegenüber ihrer Wohnung ein Buchladen war, was ihr ganz knapp die Peinlichkeit ersparen könnte, kein Weihnachtsgeschenk für ihren Sohn zu haben.

»Ach komm, doch kein Buch! Fällt dir nicht was Besseres ein? Irgendwas, das mehr hermacht? Was soll denn dein Vater denken!«

Eltern! Man versucht, sie vor sich selbst zu schützen, aber sie wollen einfach nicht hören! »Ich könnte mir von dir ein großes Buch wünschen und von ihm ein kleines, wärst du dann zufrieden?«

»Wie wäre es mit einer sündhaft teuren Brockhausausgabe, in Leder gebunden und mit Goldschnitt? Da fällt deinem Vater die Kinnlade aufs Knie!«

»Ich will kein Lexikon. Schon gar nicht mit Goldschnitt. Schenk mir doch was, was mir gefällt.«

»Als wenn es darum ginge, zu Weihnachten!«

»Herrgott, entweder du schenkst mir das Buch, das ich haben will, oder ich sage Papa nicht, dass du einen neuen Freund hast!«

»Das hast du ihm auch noch nicht erzählt?«

»Ich habe schon länger nichts von ihm gehört.«

»Das mit Rolf und mir geht schon seit drei Monaten! Er ist zehn Jahre jünger als ich! Er kriegt nicht genug von meiner rechten Brust! Und das hast du deinem Vater noch nicht erzählt? Wofür mache ich eigentlich diesen ganzen Mist?«

»Schreib dir den Autor und den Titel des Buches auf oder Papa erfährt nichts von Rolf!«

»Einen miesen kleinen Erpresser habe ich großgezogen.«

»Woher hat er das bloß«, murmelte Holger, dachte kurz an Dennis und als seine Mutter wissen wollte, was er da gesagt habe, wiegelte er ab. Sie notierte sich tatsächlich Autor und Titel (nicht ohne dreimal nachzufragen, weil ihr Sohn angeblich viel zu undeutlich sprach) und sagte: »So, und jetzt ruf deinen Vater an und mach ihm die Hölle heiß, weil er sich so lange nicht bei dir gemeldet hat. Und dann sag ihm das mit mir und Rolf. Ich rufe nächste Woche wieder an!«

Auf die Idee, das Weihnachtsfest gemeinsam zu verbringen, kam seine Mutter schon gar nicht mehr. Vor ein paar Jahren hatte sie gesagt, das erinnere sie an die Zeit, als alles noch gut war, und das wolle sie nicht.

Holger stellte den Hörer wieder in die Station, ging ins Bad und prüfte mit der Hand die Wassertemperatur. Das hatte keinen Sinn mehr. Er ließ das Wasser ab und zog sich an.

Das Baden hatte ihn hungrig gemacht. Der Kühlschrank war so gut wie leer. Eine Flasche Bier, ein Stück Salami und ein Liter H-Milch, mehr nicht. Holger schloss die Augen. Dann sah er auf die Uhr. In fünf Minuten schloss der Supermarkt an der Ecke. Holger sprang auf und rannte die Treppe hinunter.

4

Der Schneeregen hatte wieder eingesetzt. Doch das war nicht Holgers größtes Problem. Nachdem er die Hälfte der Strecke zum Plus im Laufschritt hinter sich gebracht hatte, war ihm zweierlei aufgefallen: Zum einen bot sein dünnes Baumwollhemd keinen wirklichen Schutz vor der Dezemberkälte und zum anderen fuhr seine Hand beim Griff in die Hosentasche ins Leere. Kein Wohnungsschlüssel. Klar, der war in der warmen, gefütterten Lederjacke, die im Wohnzimmer auf dem Lesesessel lag.

Er lief zum Haus zurück und drückte auf sämtliche Klingeln, aber niemand öffnete. Unterm Dach wohnten zwei Studenten, die über Weihnachten nach Hause gefahren waren. Im zweiten Stock stand die Wohnung neben seiner eigenen leer. Im ersten wohnten die Hoffmanns, die die beiden Wohnungen zusammengelegt hatten und schon zu ihren Verwandten ins Münsterland aufgebrochen waren; Holger hatte die ganze Familie am Morgen beim Aufbruch beobachten dürfen. Und wo die alleinstehende Grafikerin aus dem Parterre war, wusste er nicht, und wieso die alte Frau Mikat daneben nicht aufmachte, obwohl sie garantiert zu Hause war, das wusste er noch viel weniger.

Mittlerweile war es zwei Uhr durch. Selbst die Dönerbude gegenüber hatte geschlossen. Ruhe kehrte ein, es weihnachtete gar unerträglich. Die Leute, die jetzt noch unterwegs waren, hatten es eilig, nach Hause zu kommen. Holger schlang die Arme um seinen Oberkörper, aber das half nicht viel.

Ein paar Meter die Straße runter stand die letzte gelbe Telefonzelle der Stadt. Die war irgendwie vergessen worden. Mittlerweile gab es ja nur noch diese bescheuerten Chromsäulen.

Holger betrat die Zelle, in der es etwa anderthalb Grad wärmer war als draußen. Immerhin war er hier drin vor dem fiesen Schneeregen sicher. Dafür stank es hier nach … Holger wollte es nicht wissen.

Er hatte nicht vorgehabt, jemanden anzurufen, aber wie er da so stand und sich nicht mal mehr fragte, was er jetzt tun sollte, fiel sein Blick auf die Werbung für einen Schlüsseldienst, eingelassen in einen Rahmen rechts neben dem Telefon. Sicher, das war die beste Lösung. Die Alternative war, einfach die Tür einzutreten, aber das hätte irgendwie hilflos gewirkt, mal abgesehen davon, dass er sich beim Tritt gegen die schwere Haustür sicher einen Oberschenkelhalsbruch zugezogen hätte. Problem: Er hatte auch kein Geld dabei. Es nahm kein Ende. Sein Leben war eine Rolltreppe nach unten. Und wenn er versuchte, unter großer Anstrengung gegen die Treppenrichtung zu laufen, erhöhte die Treppe das Tempo und er kam nicht vom Fleck.

Draußen ging eine junge Frau entlang. Holger öffnete die Tür. Sie zuckte zurück, als hätte er sie mit einer Waffe bedroht. »Entschuldigen Sie«, sagte er so sanft wie möglich, »ich habe mich ausgesperrt und müsste den Schlüsseldienst anrufen, könnten Sie mir vielleicht mit zwanzig Cent aushelfen?«

»Mensch«, sagte die Frau und verdrehte die Augen, »erzähl mir doch nicht so einen Blödsinn. Ich möchte einmal, nur ein einziges Mal erleben, dass einer von euch ganz ehrlich sagt, dass er sich einfach nur was zum Saufen besorgen will. Dem würde ich zehn Euro in die Hand drücken, einfach so, als Belohnung für seine Ehrlichkeit.«

»Hätten Sie vielleicht zwanzig Cent, damit ich mir was zum Saufen besorgen kann?«

»Nee, nee, so nicht. Erstmal: Was willst du denn kriegen für zwanzig Cent? Und dann: Du hast mir schon den Blödsinn mit dem Schlüsseldienst erzählt und wenn ich jetzt nachgebe, lernst du es ja nie.« Die Frau warf ihre Haare zurück und ging weiter. Holger sah noch, wie sie mehrmals den Kopf schüttelte.

Der nächste, den er ansprach, war ein älterer Mann in einem dunklen Mantel mit einem Pelzkragen. »Entschuldigen Sie …«, begann Holger, kam aber nicht dazu, den Satz zu beenden. »Geh arbeiten«, sagte der Mann, ohne ihn anzusehen.

»Ey«, hörte Holger eine Stimme hinter sich und

fuhr herum. Da stand ein Junge mit einem knallroten Irokesenschnitt, einer speckigen Lederjacke, auf die mit weißem Stift die Namen von Punkbands geschrieben waren, sowie Bundeswehrhosen und Springerstiefeln. »Brauchsse ma ne Maak?«

»Wär nicht schlecht«, sagte Holger und fragte sich, wann ihm wegen Unterkühlung die ersten Finger abfallen würden.

»Hier«, sagte der Junge und drückte ihm ein Geldstück in die Hand.

»Danke«, sagte Holger, ehrlich erfreut. Außerdem fügte er noch ein »Danke, Mann!« hinzu, weil er dachte, dass man so redete, wenn man so aussah. Der Junge ging weiter und hob noch einmal, ohne sich umzudrehen, die rechte Hand zum Gruß.

Holger betrat wieder die Telefonzelle, nahm den Hörer von der Gabel, legte das Geldstück in den Schlitten (so modern war es hier dann doch) und schob ihn nach rechts. Das Geldstück reiste durch das Innere des Gerätes und kam unten wieder heraus. Holger rieb die Münze an der blankgescheuerten Stelle, an der schon Hunderte Menschen das Gleiche getan hatten, und warf sie noch einmal ein.

Die alte Frau stellte präzise Nachfragen.

Dasselbe Ergebnis. Genauso wie bei den nächsten zehn Versuchen. Dann unterzog er die Münze einer genaueren Prüfung und stellte fest, dass der Junge es wörtlich gemeint hatte: Er hatte Holger ein altes Markstück gegeben. Holger hielt sich für einen geduldigen Menschen, aber jetzt hatte er die Schnauze voll. Draußen ging gerade eine Rentnerin mit Strickmütze vorbei und Holger riss die Tür auf und schnauzte die arme Frau an: »Gib mir zwanzig Cent oder du kriegst ein paar in die Fresse!«

»Watt willz DU denn?«, konterte die Oma ungerührt. »Du brauchs wohl ma n paar auffen Aasch?«

Holger holte tief Luft. »Bitte entschuldigen Sie, es ist nur so ...« Und er erzählte der interessiert zuhörenden Dame die ganze Geschichte. Er erzählte ihr sogar noch einiges Andere, denn die alte Frau stellte präzise Nachfragen und wusste bald mehr, als Holger üblicherweise preiszugeben bereit war. Sie ihrerseits stellte sich als Frau Hutwelker vor.

»Wo wohnz du denn?«, wollte sie wissen.

»Da vorne, Nummer siebenundfünfzig.«

»Dann komma mit.«

Bibbernd folgte Holger der beim Gehen lustig

hin und her wackelnden Frau Hutwelker. Vor der Haustür angekommen drückte sie mit beiden Händen auf sämtliche Klingelknöpfe.

»Die Frau Mikat im Parterre müsste eigentlich zu Hause sein«, sagte Holger.

»Und wieso macht die nich auf? Watt hat die für ne Klingel?«

»Wie bitte?«

»Gong oder durchgehender Ton?«

»Durchgehender Ton, glaube ich.«

Frau Hutwelker presste ihren Daumen auf die Mikat'sche Klingel, bis endlich der Türöffner ertönte.

Holger folgte ihr in den Hausflur. Die Wohnungstür der Frau Mikat war nur einen winzigen Spalt geöffnet. Zwei schmale Augenschlitze starrten heraus.

»Schöne Weihnachten auch! Glotz nich so blöd!«, schnauzte Frau Hutwelker. Und dann zu Holger, in kaum freundlicherem Ton: »Welcher Stock?«

»Der zweite.«

»Verdammich. Wieso nich Erdgeschoss?« Frau

Hutwelker begann mit dem Aufstieg und musste schon nach wenigen Stufen so schwer keuchen, dass Holger sich ernsthafte Sorgen machte. Eine tote Greisin im Hausflur wäre das Sahnehäubchen auf der elsässischen Tomatensuppe dieses Tages.

Im zweiten Stock pfiff Frau Hutwelker auf dem letzten Loch.

»Welche …«, begann sie und machte eine lange Pause, in der nur das Rasseln ihres Atems zu hören war. »… Tür?«, fügte sie dann hinzu.

»Die da.«

Frau Hutwelker entnahm ihrer Handtasche ein schlüsselbundähnliches Gebilde mit allerlei kleineren und größeren Werkzeugen und machte sich damit am Schloss von Holgers Wohnungstür zu schaffen, bis die Tür aufsprang.

»Dat passiert mir einma die Woche«, sagte sie. »Mach mit deinem Geld, wat du willz, Jungchen, abba schmeisset keinem Handwerker in den Rachen, schon gar keim Schlüsseldienst.«

»Ist gut.«

»So und getz bedank dich!«

»Danke. Vielen Dank, Mann«, sagte Holger,

reichte seiner Retterin die Hand und machte einen Diener.

»Ja, ja, krich dich widda ein. Und pass demnächs bessa auf. Ich mach mich ma an den Abstiech. Wenne mich morgen hier tot auffe Treppe findes: In meiner Tasche is n Zettel mit der Nummer von meine Tochter. Ruf die an, abba nimm dir datt Geld aus meina Tasche, dat Gör meldet sich nur noch, wennse wat will.«

»Wollen Sie nicht noch auf einen Kaffee mit hereinkommen?«

Frau Hutwelker sah Holger in die Augen. »Ich weiß gar nich, wann mich'n Mann sowat zum letzen Mal gefraacht hat!«

»Es ist das Mindeste, was ich tun kann!«

»Okay, aber behalt deine Finger bei dir!«

Holger musste lachen und fragte sich, wieso Frauen wie die Hutwelker nicht mehr hergestellt wurden.

5

Der Kaffee war nich schlecht«, sagte Frau Hutwelker, als sie eine Stunde später wieder auf der Straße standen. »Ich glaub, ich besorch mir auma sonne Kanne, wo man den Kaffee runterdrückt.«

Holger hatte darauf bestanden, Frau Hutwelker nach Hause zu bringen, auch wenn sie nicht weit entfernt wohnte: »Ich hab nich mehr so'n Riesenaktionsradius, weisse?«

Frau Hutwelker hakte sich bei ihm ein. Es war jetzt kurz vor vier, der Himmel nach wie vor verhangen, wenn auch der Niederschlag erstmal aufgehört hatte. Es war dämmrig, in den Wohnungen war das Licht eingeschaltet, man sah Weihnachtsbäume mit elektrischen Kerzen, in den Fenstern

Lichterbögen und an den Fassaden kletternde Weihnachtsmänner.

»Kuck dir den Mist an!«, sagte Frau Hutwelker. »Ich frach mich immer, wat soll der Kitsch? Wenn die Leute dafür noch Geld hamm, dann kannet ihnen noch nich richtich schlecht gehn!«

Sie kamen an einem kleinen Spielplatz vorbei und wären beinahe achtlos weitergegangen, dann aber machte Frau Hutwelker Holger auf einen kleinen Jungen aufmerksam, der allein auf einer Schaukel hockte und auf den Boden starrte: »Kuck dir dat aame Kind an! Ganz alleine auffem Spielplatz und dat aunoch an Weihnachten!«

Holger musste zweimal hinsehen, um sich sicher zu sein. Die gelbe Jacke, die schwarze Baseballmütze. Er ging näher heran. Kein Zweifel, dort saß Dennis, der Junge, der ihn vor ein paar Stunden um 50 Euro erpresst hatte.

»Um den müssen wir uns kümmern«, sagte Holger.

»Um mich kümmert sich auch keiner!«, entgegnete Frau Hutwelker.

»Was mache ich denn gerade hier?«

Kein Zweifel, dort saß Dennis.

Dagegen konnte nicht mal die Hutwelker was sagen, also gingen sie hin zu dem Jungen.

»Hallo Dennis«, sagte Holger, fest entschlossen, den kleinen Verbrecher zur Rechenschaft zu ziehen und sich das Geld wiederzuholen, doch als der Junge zusammenzuckte, wie von einem Stromschlag getroffen, den Kopf hob und Holger seine rotgeheulten Augen sah, fiel sein gerechter Zorn in sich zusammen. Welches Kind sitzt am Heiligen Abend allein auf einer Schaukel und weint?

»Kumma, der heult«, sagte die Hutwelker.

Holger setzte sich auf die Schaukel neben Dennis und fragte ihn, was los sei und ob er ihm helfen könne.

»Kümmer dich um deinen eigenen Scheiß!«, war alles, was er zu hören bekam.

»Solltest du nicht zu Hause sein? Ist schließlich Weihnachten.«

»Geht dich einen Kack an!«

Frau Hutwelker war nicht begeistert. »Dich müssense mal widda übert Knie legen, Rotzbengel!«

»Morgen kommt mein Vater«, fauchte Dennis, »und der macht dich kalt!«

»Datt hat der Churchill au schon versucht. Und er haddet nich übbalebt!«

»Wo wohnst du denn?«, wollte Holger wissen.

»Zu Hause.«

Holger seufzte. »Ich wette, deine Mutter macht sich Sorgen um dich.«

»Geschieht ihr recht!«

»Die fährt bestimmt mit ihrem klapprigen, silberfarbenen Golf durch die Gegend und sucht dich!«

Das interessierte den Jungen. »Woher weißt du, was für ein Auto wir haben?«

»Ich weiß sogar, was für einen Mantel deine Mutter trägt. So ein langes, braunes Ding mit Fell an der Kapuze.«

Der Junge starrte ihn ungläubig an. Auch Frau Hutwelker blickte hoch zu Holger.

»Du überraschst mich, mein Sohn!«

»Tja, Dennis, ich sehe zwar nicht so aus, aber ich bin der Weihnachtsmann, und wenn du nicht ein bisschen kooperierst, muss ich ganz andere Saiten aufziehen.«

»Den Satz kenne ich von meiner Mutter«, sagte Dennis, klang aber nicht mehr so aggressiv.

Die schöne Mutter, dachte Holger. Und sagte: »Du kannst hier jedenfalls nicht sitzen bleiben. Es ist kalt und es wird gleich dunkel.«

»Ich hab ne warme Jacke an.«

»Aber deine Schuhe sehen ziemlich dünn aus. Du hast doch bestimmt schon ganz kalte Füße!«

Holger sah, dass er ins Schwarze getroffen hatte.

»Ich geh aber nicht nach Hause!«, sagte Dennis.

»Okay«, sagte Holger. »Komm erstmal mit zu mir, mach dir die Füße warm und dann sehen wir weiter.«

»Ich soll nicht mit fremden Männern mitgehen.«

»Der is in Ordnung, da kannze ruhich mitgehn«, beruhigte ihn Frau Hutwelker. »Außerdem bin ich ja auch noch dabei. Und seh ich aus wie ne Hexe oder was?«

Dennis sah Frau Hutwelker an, als liege ihm eine ziemlich freche Entgegnung auf der Zunge.

»Sach gezz nix!«, brummte die alte Frau.

Dennis musste grinsen und glitt von der Schaukel herunter.

Frau Hutwelker hakte sich wieder bei Holger ein und hielt Dennis die freie Hand hin, die der Junge tatsächlich bereitwillig ergriff. Wir geben bestimmt eine prächtiges Bild ab, dachte Holger. Harold und Maude mit Kind.

Sie sagten nichts, bis sie vor Holgers Haustür standen. In Frau Mikats Wohnung glomm der Weihnachtsbaum.

»Hasse diesmal deinen Schlüssel dabei oder muss ich wieder aktiv werden?«, stänkerte Frau Hutwelker.

Auf dem Treppenabsatz im ersten Stock machten sie eine kurze Pause, damit die alte Dame verschnaufen konnte.

Oben in der Wohnung ließ Dennis seine Jacke einfach auf den Boden fallen und drehte die Mütze mit dem Schirm nach hinten, als sei das in geschlossenen Räumen Vorschrift. Zielstrebig ging er auf die Stereoanlage zu und sah die daneben liegenden CDs durch. »Kenn ich alles nicht. Was ist denn das hier für'n Knilch?«

»Johnny Cash.«

»Komischer Name.«

»Leg doch mal was von Elvis auf!«, sagte Frau Hutwelker.

Zuerst war Holger überrascht, dann wurde ihm klar, dass Frauen, die mit zwanzig zu Elvis getanzt hatten, heute in Frau Hutwelkers Alter sein mussten. Rock'n'Roll war kein Vorrecht der Jugend mehr.

»Die Platte heißt *God*«, sagte Dennis. »Was ist denn das für'n Scheiß?«

»Da singt er nur Lieder über Gott.«

»Krank!«

»Die Platte gehört zu einer Box. Die anderen beiden Platten darin heißen *Love* und *Murder*.«

»Leg doch mal *Mörder* auf!«

»Möchtest du vielleicht erstmal was Warmes trinken?«, fragte Holger.

»Kaffee mit Schnaps«, sagte der Junge. »Kannst gleich die ganze Flasche mitbringen.«

Holger wusste nicht, was er darauf erwidern sollte.

»Nee, war nur Spaß!«, wiegelte Dennis ab. »Kakao wäre prima, wenn du welchen hast.«

»Ich seh mal nach!«

Kakao, dachte Holger. Wie lange hatte er sich den nicht mehr gemacht! Carola hatte gern heißen Kakao getrunken und tatsächlich fand er im Hängeschrank noch eine halbe Dose Nesquick. Er machte Milch auf dem Herd heiß, rührte das braune Pulver hinein und trug die Tasse ins Wohnzimmer, wo Dennis und Frau Hutwelker sich auf dem Sofa niedergelassen hatten. Als Holger hereinkam, verstummten sie, und er fragte, worüber sie geredet hätten.

»Über Gott«, sagte Dennis.

»Is' halt Weihnachten«, fügte Frau Hutwelker entschuldigend hinzu.

Dennis fasste kurz den Stand der Diskussion zusammen: Offenbar hatte Frau Hutwelker ihn gefragt, ob er denn überhaupt wisse, was der Sinn des Weihnachtsfestes sei, worauf der Junge zurückgefragt hatte, ob sie ihn für blöd halte. Jesus sei an diesem Tag geboren worden, der Sohn von Gott, jedenfalls würden das alle behaupten. Ob er denn nicht an Gott glaube, hatte die Hutwelker wissen wollen. Nun ja, hatte Dennis gesagt, für ihn gebe es zwei Möglichkeiten: Entweder gebe es keinen Gott oder er sei ein ziemlich fieser Typ. Kurz bevor Holger ins Zimmer gekommen war, hatte Frau Hutwelker wissen wollen, wie Dennis das meine.

»Na ja«, sagte der, »wenn es einen Gott gibt, wieso passiert denn so viel Mist auf der Welt? Ich meine, wenn es ihn *nicht* gibt, ist es klar, aber *wenn* es ihn gibt, muss man ihn doch mal fragen, wieso er nichts dagegen macht!«

»Gott prüft uns«, sagte Frau Hutwelker kurz angebunden.

»Was ist er denn? So eine Art Mathelehrer? Was ist mit den Leuten, die schwer krank werden und dann so lange brauchen, bis sie endlich tot sind? Wie meine Tante Erika. Was hat die Gott getan? Weswegen will er die prüfen? Und wenn er sie schon geprüft hat, wieso hat er sie durchfallen lassen? Kennt Gott keine Vier minus?«

»Wie alt bist du eigentlich?«, wollte Holger wissen.

»Zwölf. Aber ich bin klein für mein Alter. Meine Mutter hat in der Schwangerschaft geraucht! Und so wie ich das sehe, ist Gott nur eine Ausrede!«

Frau Hutwelker schüttelte den Kopf. »Ich weiß nich, wo die dat heute allet herhaben!«

»Internet«, meinte Dennis und pustete in seinen Kakao.

»Was machen die Füße?«, fragte Holger.

»Besser.«

»Willst du denn jetzt vielleicht mal sagen, wieso du nicht zu Hause bist?«

Dennis umklammerte die Tasse mit beiden Händen.

»Hab mich mit meiner Mutter gestritten.«

»Weswegen?«

»Ach, keine Ahnung. Wir streiten uns immer.«

»Und da bist du einfach abgehauen?«

»Ich geh schon wieder nach Hause, keine Angst. Ab und zu braucht die das, damit sie wieder weiß, wo die Glocken hängen.«

»Muss dat denn sein, ausgerechnet an Weihnachten?«, fragte Frau Hutwelker.

»Was ist denn so Besonderes an Weihnachten, wenn Gott nur eine Ausrede ist«, warf ihr Dennis entgegen und war sichtlich stolz auf dieses oberschlaue Argument.

»Egal, wat Gott is oder nich und obbet ihn gippt oder nich, et muss doch mal zwei Tage im Jahr geben, wo man sich überleecht, weswegen man den ganzen Mist hier macht und ob man nich auch ma wat son bisschen anders machen kann. Einfach ma fragen, wo dat alles hinführn soll.«

»Wenn ich das frage«, sagte Dennis, »krieg ich eh keine Antwort.«

»Keine Antwort is auch ne Antwort.«

Dennis verdrehte die Augen. »Mann, alte Leute! Also ehrlich!«

»Wann bist du denn von zu Hause weg?«, fragte Holger.

Dennis zuckte mit den Schultern. »Muss so halb zwei gewesen sein.«

»Jetzt ist es halb fünf durch. Meinst du nicht, deine Mutter hat sich jetzt genug Sorgen gemacht? Du hast ihr eins ausgewischt und jetzt ist gut. Gib mir eure Nummer und ich rufe sie an.«

»Kein Bock.«

»Hömma, du Rotzbengel«, ereiferte sich Frau Hutwelker, »dein Alten hat deine Mutter sitzen lassen und die muss getz sehn wie se zurechtkommt! Ich wette, die reißt sich den Aasch auf für dich, und du hass nix Besseret zu tun, als ihr nur immer weiter in den Hintern zu treten. Gott is ne Ausrede! Wat hass du denn für ne Ausrede, dat du deine Mutter so behandels? Schomma wat von Selbsmitleid gehört? Hör auf zu quengeln, du kleiner Pascha, und rück die Nummer raus, sonz leg ich dich höchstpersönlich übers Knie, und dann gippt dat Senge, bis du lachs, dat versprech ich dir!«

In der nachfolgenden Stille meinte Holger das Ticken einer Uhr aus der Nachbarwohnung zu hören. Und noch bevor Dennis antworten konnte, klingelte es.

Man sah ihr an, dass sie geweint hatte.

6

Man sah ihr an, dass sie geweint hatte. Aber sie war immer noch schön. Sie trug den gleichen Mantel wie mittags. Holger nahm ihn ihr ab und hängte ihn an den Haken neben der Tür.

»Wo ist er?«, fragte sie.

»Woher wissen Sie, dass er hier ist?«

»Wo ist er?«, wiederholte sie, allerdings eher unfreundlich.

»Im Wohnzimmer.«

Sie drückte sich an Holger vorbei und blieb in der Tür zum Wohnzimmer stehen.

»Hallo, Mama!«, sagte Dennis, blieb aber auf dem Sofa sitzen.

Die Frau schien mit sich zu ringen, ob sie über ihren Sohn herfallen und ihn zur Schnecke machen oder ihn in die Arme schließen sollte. Sie entschied sich dafür, beides nicht zu tun, sondern fragte ihn, wie er hierher gekommen sei. Holger erzählte, wie Dennis auf der Schaukel gesessen hatte.

»Und wieso haben Sie mich nicht sofort angerufen?«

»Wir waaen noch mitten im Verhör«, knurrte Frau Hutwelker. »Und wat die Angaben zur Person betrifft, hat der Bengel auf stur geschaltet.«

Holger stellte erst Frau Hutwelker und dann sich selbst vor.

Die Frau zögerte, dann ergriff sie seine ausgestreckte Hand. »Linda«, sagte sie.

Sie war nur wenig kleiner als Holger, trug einen braunen Pulli und einen karierten Rock. Stiefel und Strumpfhosen waren schwarz. Holger fiel wieder ein, wie sehr er kniehohe Stiefel mochte. Lindas Gesicht war gerötet von der Kälte draußen und ihr Atem ging etwas schneller, weil sie sich ohne Zweifel sehr beeilt hatte. Sie hatte die dunklen Augen, die ihr Sohn geerbt hatte, hohe Wangenknochen und langes, dunkles Haar. Sie war noch viel schöner als am Mittag.

Ein paar Sekunden lang wussten sie nicht, was sie sagen sollten. Linda trat von einem Bein aufs andere. Plötzlich aber sprang Dennis auf, lief zu seiner Mutter und umschlang sie mit seinen Armen.

»Kinder!«, sagte Linda, aber es hörte sich freundlich an.

»Möchten Sie etwas trinken?«, fragte Holger.

Linda sah ihn an und nickte. »Einen Kaffee vielleicht.«

Holger war erleichtert. Kaffee hatte er noch da. Er ging in die Küche, Linda folgte ihm. Während er Kaffeepulver in die Glaskanne löffelte, fragte er sie, woher sie gewusst habe, dass Dennis hier sei.

»Ach«, seufzte sie, ließ sich auf einen der beiden Stühle fallen und starrte auf die Tischplatte, »ich bin draußen rumgelaufen und habe gesucht. Ich bin fast verrückt geworden vor Angst. In letzter Zeit streiten wir uns ständig. Zu Weihnachten ist es immer besonders schlimm. Morgen taucht sein Vater auf, den Arm voller Geschenke, und spielt den Helden. Da kriege ich wieder wochenlang kein Bein auf die Erde.«

»Wie lange ist Dennis' Vater schon weg?«

»Fünf Jahre.«

Holger setzte sich ihr gegenüber.

»Na ja«, fuhr Linda fort, »und wie ich so durch die Gegend laufe, steht da plötzlich so ein Typ als Weihnachtsmann verkleidet, mit einem ziemlich schmutzigen Bart und einer Gitarre umgehängt, mit merkwürdig leuchtenden Saiten. Ich will einfach vorbeigehen, aber er spricht mich an und fragt, ob ich Dennis schon gefunden hätte. Mir ist fast das Herz stehen gelieben. Man denkt ja gleich das Schlimmste. Zu viele Krimis, nehme ich an. Aber wer sollte ausgerechnet Dennis entführen! Bei mir ist doch nichts zu holen.« Sie lächelte. »Und so, wie er sich benimmt, würde ihn jeder Entführer doch nach zwei Stunden wieder zurückbringen. Na ja, jedenfalls hat mich dieser Weihnachtsmann gleich beruhigt und mir Ihren Namen und diese Adresse gegeben.«

Udo, dachte Holger. Merkwürdig. Sehr merkwürdig.

Das Wasser kochte und Holger kippte es in die Kanne mit dem Pulver. Draußen wurde es langsam dunkel. Linda trat ans Fenster. »Wenn ich etwas hasse, dann sind es diese kletternden Weihnachtsmänner!«

»Schlimm!«, bestätigte Holger.

»Am liebsten würde ich mit einer Zwille durch die Straßen gehen und jeden einzeln abschießen!«

»Der Abend ist noch jung!«

Linda musste lachen. »Entschuldigen Sie, wenn ich das frage, es klingt so dumm, aber: Haben wir uns nicht schon mal irgendwo gesehen?«

»Kann schon sein.«

»Sie kommen mir so bekannt vor.«

Holger erzählte ihr von dem Weihnachtsmann-Job.

»Was für ein Zufall!«, sagte Linda.

Holger war sich da nicht mehr so sicher.

»Wissen Sie eigentlich, wie das hier heißt?«, fragte er. »Das Ding hier, diese Scheibe, mit der man den Kaffee in der Kanne runterdrückt?«

Linda zuckte mit den Schultern. »Keine Ahnung. Runterdrücker?«

Holger drückte den Runterdrücker runter und goss Linda eine Tasse ein. Sie trank den Kaffee schwarz. Wie Holger. Grund genug, ihr das Du anzubieten. Sie nahm es an. In diesem Moment wurde im Wohnzimmer laut gelacht. Sie gingen zusammen hinüber und erkundigten sich nach dem Grund für die plötzliche Heiterkeit.

»Clara hat sich gefragt«, sagte Dennis, »was wohl wäre, wenn Jesus heute wieder auf die Erde kommen würde.«

»Clara?«, fragte Holger.

»Dat bin ich!«, brummte Frau Hutwelker.

»Na ja«, fuhr Dennis fort, »Clara hat die Geschichte von diesem Hamster erzählt.«

»Hamster?«

»Samma, liest du keine Zeitung odda wat? Da hat sonn Mädel in England seinen toten Hamster eingebuddelt und nach drei Tagen hat sich dat Vieh durch dat Erdreich widda nach oben gegraben. Getz schreiben die wat von wegen der wär gar nich tot gewesen, sondern nur bissken früh in den Winterschlaf gefallen, aber ich sage: So wat is doch vor zweitausend Jahren schomma passiert und wer sacht denn, dat der Heiland immer nur als Mensch auf die Welt kommt! Is doch getz auch widda Weihnachten, da passt dat doch!«

»Frau Hutwelker«, sagte Holger, »was Sie da beschreiben, passt doch wohl eher auf Ostern.«

»Sei doch nich sonn Korinthenkacker, Junge!«

»Jedenfalls«, griff Dennis wieder ins Gespräch ein, »haben wir genau darüber gelacht. Und was ich gerade sagen wollte: Wenn Jesus tatsächlich noch mal kommen sollte, dann müsste das natürlich alles viel professioneller abgehen. Nur mit Stall und Stern und drei Königen ist es nicht mehr getan, heutzutage. Das geht nur mit Fernsehen und Interviews, vielleicht nem Kinofilm oder so.«

»Mel Gibson, was?«, sagte Holger.

»Ich halt mich an den Hamster«, beharrte Clara Hutwelker.

»Okay, und jetzt erzählt jeder, was er sich zu Weihnachten wünscht!«, rief Dennis.

»Marco!«, brummte Frau Hutwelker postwendend. »Rimini 1958. Mehr möchte ich nich sagen. Abba mehr möchte ich au nich *haben*! Nur einmal noch. Obwohl Marco sicher öfter …«

»Ich dachte, Sie wollten nicht mehr sagen!«, bremste Holger die alte Dame aus.

»Ich halt ja schon die Klappe!«

»Und du, Mama?«

Linda pustete in ihren Kaffee und sie tat das auf die gleiche Weise wie ihr Sohn vorhin in seinen Kakao gepustet hatte. »Ich wünsche mir Ruhe, Stille, ein neues Auto und einen braven Sohn.«

»Ruhe, Stille und Auto – okay«, sagte Dennis. »Aber der Rest ist schon ein bisschen unverschämt. Du bist dran, Holger!«

»Ach, ich habe doch alles!«

Dennis schlug sich mit der flachen Hand gegen die Stirn. »Wenn ich mich hier umgucke, muss ich sagen: Du hast überhaupt nichts!«

»Der brauch ne Frau, dat is allet!«, sagte die Hutwelker.

Über den Rand der Kaffeetasse sah Linda ihn an. »Du musst dir doch irgendwas wünschen! Irgendwas, was du schon als Kind gerne haben wolltest.«

Holger dachte nach. »Die Bimbo-Box«, sagte er dann.

»Ich verstehe nicht ganz.«

»Du bist nicht von hier oder?«

»Nein.«

»Die Bimbo-Box stand früher im Kaufhaus Kor-

Irgendwas, was du schon als Kind gerne haben wolltest.

tum. Eine Art Jukebox für Kinder, in der keine Platten liefen, sondern eine offensichtlich kokainsüchtige, in bunte Klamotten gewandete Affenband mit irrem Blick unter staubigen Stoffpalmen auf diverse Instrumente einhämmerte, als gäb's kein Morgen.«

»Ich erinner mich«, sagte Frau Hutwelker.

»Das Kaufhaus gibt es nicht mehr und die Bimbo-Box ist Geschichte«, sagte Holger voller Wehmut, worauf Linda wissen wollte, ob er sich immer Dinge wünsche, die er nicht bekommen könne. Holger fragte sich, ob sie mit ihm flirtete.

Bevor er diesen Gedanken vertiefen konnte, klingelte es schon wieder.

7

Es war das erste Mal seit Urzeiten, dass Holger seine Eltern nebeneinander stehen sah. Seine Mutter trug diesen ausladenden Kunstpelzmantel, der offen stand, so dass man dieses unglaublich unweihnachtlich undezente bunte Kleid sehen konnte, von dem sie ein gutes Dutzend Variationen im Schrank hängen hatte. Sie hatte sich die eine Hand in die Hüfte gestemmt, während die andere die leere Zigarettenspitze hielt.

Sein Vater trug einen hellbraunen Cordanzug mit ledernen Flicken an den Ellenbogen und einen dunkelgrünen Rollkragenpulli. Sein eisgrauer Bart war, wie üblich, sauber gestutzt, das Haar zu einer diskret sich vorwölbenden Tolle frisiert. Er trug eine Plastiktüte mit weihnachtlichen Motiven.

Eigentlich war es immer logisch gewesen, dass die beiden zusammen sind, dachte Holger. Solche Gegensätze *mussten* sich anziehen.

»Guck mich nicht so an!«, sagte seine Mutter und zeigte mit dem Daumen auf ihren Ex-Mann. »Der da hat mich hergeschleift!«

»Holger!«, sagte der Vater mit seiner tiefen, sanften Stimme, die die Frauen so an ihm mochten, stellte die Tüte ab, in der Flaschen aneinander stießen, und umschloss die Hand seines Sohnes mit allen zehn Fingern.

»Äh ja, schön, dass ihr da seid, kommt doch herein!«, stammelte Holger.

»Ich sage es dir gleich: Er hat kein Geschenk dabei!«, rief seine Mutter, drückte sich gleich an Holger vorbei und ging ins Wohnzimmer. Holger hörte, wie sie ausrief: »Hier ist ja eine richtige Feier! Der Mann hatte Recht! Hat irgendjemand Feuer? Ach nein, ich rauche ja schon lange nicht mehr. Brustkrebs, Sie verstehen?«

»Der Mann?«, fragte Holger seinen Vater.

»Ein Weihnachtsmann mit einer Gitarre. Ein sehr merkwürdiger Mensch.« Der Vater schüttelte

»Äh ja, schön, dass ihr da seid, kommt doch herein!«

den Kopf und rieb sich das Kinn. »Als ich heute Mittag den Baum aus der Garage holte, stand er plötzlich bei uns am Zaun. Ich wäre ja gar nicht hingegangen, aber die Saiten an seiner Gitarre haben so geschimmert, das wollte ich mir näher ansehen. Ich glaube, die waren aus Silber, sehr ungewöhnlich. Wie kann man darauf nur spielen?, dachte ich. Ich fragte ihn, was er wolle, und er reichte mir einen Zettel mit deiner Adresse, ich sagte, die kenne ich, da wohnt mein Sohn. Da nickte er nur und sagte: ›Gehen Sie nicht allein dorthin.‹ Ich habe deine Mutter angerufen, aber die wusste schon Bescheid. Ihr war dieser Weihnachtsmann auch ... nun ja ... erschienen.« Holgers Vater seufzte, als könne er das alles gar nicht glauben. »Ich bin dann zu ihr gefahren und habe sie abgeholt. Sie hat übrigens Recht, ich habe kein Geschenk für dich.«

Holger winkte ab: »Aus dem Alter sind wir raus!«

Sein Vater legte ihm einen Arm um die Schulter und gemeinsam gingen sie ins Wohnzimmer, wo die Mutter die Übrigen mit ihrer Krankengeschichte vertraut machte und dabei nicht mit Details geizte. Linda saß rechts auf dem Sofa, Dennis in der Mitte und Frau Hutwelker ganz links. Sie hatte die Schuhe ausgezogen und die Beine ausgestreckt. Holgers Mutter hatte den Kunstpelz achtlos in die Ecke geworfen, und sich in den alten Sessel fallen lassen, den Holger vor einigen Jahren aus dem Sperrmüll gezogen hatte.

Holger stellte alle der Reihe nach vor. Man nickte einander zu und wusste nichts zu sagen.

»Hömma«, brach Frau Hutwelker die langsam peinlich werdende Stille, »ich glaub, ich muss nomma weg.« Auf Strümpfen ging sie zu Tür.

»Es geht mich ja nichts an«, sagte Holgers Mutter, »aber Sie haben keine Schuhe an!«

»Is nich weit«, brummte Frau Hutwelker und war bald darauf im Hausflur verschwunden. Die Wohnungstür ließ sie angelehnt.

»Möchte jemand etwas trinken?«, fragte Holgers Vater in die Runde. »Wir haben Glühwein mitgebracht.«

»Ich habe gleich gesagt, das ist eine schlechte Idee!«, rief die Mutter. »Bestimmt geht sein Herd nicht und wenn der Herd geht, hat er keinen Topf!«

»Komm mit!«, sagte Holger zu seinem Vater.

Der Vater nahm die Plastiktüte, die neben der Wohnungstür stand, und trug sie in die Küche. Holger stellte den großen, schwarzen Topf, den er bei seinem Auszug vor fast zwanzig Jahren hatte mitgehen lassen und der damals schon alt gewesen war, auf die größte der vier Herdplatten und schaltete sie ein. Der Vater entnahm der Tüte zwei Literflaschen Glühwein und füllte sie in die Topf.

»Wir hatten leider nur diesen fertigen hier«, sagte er. »Besser schmeckt er natürlich, wenn man ihn selber macht, mit Wein, Tee und Gewürzen.«

»Schon okay.«

Vater und Sohn sahen dem Wein beim Heißwerden zu.

»Und wie geht es …«

»Manuela. Sie heißt Manuela.«

»Ich weiß, Papa. Ich habe nichts gegen sie.«

»Es geht ihr gut.«

»Warum hast du sie nicht mitgebracht?«

»Manu in einem Zimmer mit deiner Mutter?«

»War nur so eine Idee.«

»Ich habe gesagt, ich bin gegen sieben wieder zu Hause.«

»Kein Problem.«

Dampf stieg aus dem Topf auf. Die rote Flüssigkeit warf die ersten Blasen.

»Weißt du, es ist nicht leicht, das mit dem Älterwerden«, sagte Holgers Vater. »Ich hatte Glück, ich habe es geschafft, ziemlich lange nicht dran zu denken. Aber dann holt es einen doch ein.«

»Vermisst du Mama?«

»Ich vermisse das Gefühl, das ich hatte, als ich sie kennen lernte. Und die Kraft. Diese ganze verdammte Kraft, die sich irgendwie aufgelöst hat.«

Sie füllten den heißen Glühwein in Tassen, stellten sie auf ein Tablett und trugen sie ins Wohnzimmer, wo Holgers Mutter gerade sagte: »Wissen Sie, ich dachte immer, die andere Brust würde dann vielleicht verkümmern oder so, aber nein, sie sieht immer noch so wunderbar aus wie früher. Warten Sie, ich zeige Ihnen das mal ...«

»Bitte, Mama, es ist Weihnachten und es ist ein Kind anwesend!«, sagte Holger streng.

»Ich will es sehen! Ich will es sehen!«, rief Dennis aufgeregt.

»Dennis, lass das!«, zischte Linda.

Holgers Mutter sah offenbar ein, dass es besser war, angezogen zu bleiben. Alle außer Dennis legten ihre Hände um die Tassen und pusteten in den heißen Glühwein.

»Ihr seid schon am Feiern? So war dat nich abgemacht!«

Frau Hutwelker hatte Frau Mikat am Arm, die schüchtern in die merkwürdige Runde blickte.

»Ich hab gedacht, die kann doch nich alleine da unten hocken, während wir hier richtich einen draufmachen!«

Holger hatte nur noch eine einzige Tasse im Schrank, reichte die, mit Glühwein gefüllt, an Frau Mikat weiter und verzichtete selbst zugunsten von Frau Hutwelker. Linda stand auf und hielt ihm ihre Tasse entgegen. Ihre Wangen waren gerötet. »Wie haben wir früher auf den Klammerblues-Parties immer gesagt: Von hier habe ich getrunken!«

Holger grinste und trank von der bezeichneten Stelle. Die Wärme des Glühweins breitete sich augenblicklich in seinem ganzen Körper aus.

Holgers Mutter stand etwas verloren neben dem

Sessel, in dem sie vorhin noch gesessen und aus dem sie sich erhoben hatte, um ihre Brust zu zeigen. Jetzt war ihr das Thema abhanden gekommen und sie sah wieder aus wie seine Mutter. Sie begegnete dem Blick ihres Sohnes, packte ihn am Unterarm und zog ihn in die Diele.

»Ich habe mich geirrt«, sagte sie leise und ungewöhnlich sanft. »Der Laden war schon zu, als ich runterging.« Sie seufzte. »Es tut mir leid.«

»Schon gut, Mama. Ihr seid hier. Das ist viel besser als jedes Geschenk.«

»Nun werd nicht gleich rührselig.«

Durch die halb geöffnete Tür blickte sie ins Wohnzimmer.

»Dein Vater sieht noch immer so unglaublich gut aus, nicht wahr?«

»Wenn du es sagst.«

»Ich vermisse ihn so schrecklich«, flüsterte sie und führte eine Hand an den Mund. Ihre Armreifen rutschten klackernd ihren Unterarm hinab bis zum Ellenbogen. Dann riss sie sich zusammen und wandte sich wieder ihrem Sohn zu. »Wo ist dieses Mädchen, mit dem du zusammengelebt hast?«

»Carola? Das ist schon seit Februar vorbei.«

»Ach ja?«

»Ich habe es dir erzählt.«

»Natürlich, ich erinnere mich.«

Es war ihr anzusehen, dass das nicht stimmte.

»Und wer ist dieses Mädchen dort?«

Sie meinte Linda.

»Ich habe sie heute erst kennengelernt.«

»Sie sieht nett aus. Und der Junge …«

Holger nickte. »Ist ihrer.«

»Na ja, ihr könnt auch noch eins zusammen haben.«

»Mama, bitte!«

»Was denn! Sie ist doch höchstens fünfunddreißig! Ich will Enkel!«

»Jetzt? Auf der Stelle?«

»Ihr könntet euch in die Küche verziehen und ich wimmele die Leute ab!«

»Mama!«

»War nur Spaß!«

»Das will ich auch hoffen«, sagte Holger und wechselte das Thema. »Dir ist heute ein Weihnachtsmann erschienen?«

Die Mutter nickte. »Komische Sache. Hat bei mir geklingelt, nachdem ich mit dir telefoniert hatte. Ich dachte, der will betteln. Sah ja auch aus wie ein Penner. Und eine Gitarre hatte er dabei, mit ganz komischen Saiten. Aber dann sagte er, ich solle nicht gleich auflegen, wenn jemand anruft, mit dem ich nicht rechne. Und er hatte so was in der Stimme. Ich wusste gar nicht, was ich sagen sollte. Dann ist er einfach die Treppe runtergegangen und kurz darauf rief dein Vater an. Komisch, was?«

»Komm, wir gehen wieder hinein.«

Linda hatte ihren Platz auf dem Sofa an Frau Mikat abgetreten, die sich ganz angeregt mit Dennis unterhielt. Frau Hutwelker war in ein Gespräch mit Holgers Vater vertieft, wobei sie ihm immer wieder eine bestimmte Stelle an ihrer linken Wade zeigte. Linda kam auf Holger zu.

»Was für eine Runde«, sagte sie und reichte Holger wieder ihre Tasse.

»Hier, nicht wahr?«, sagte Holger und zeigte auf die Stelle, wo gerade noch ihr Mund gewesen war.

Sie lächelte, schlug die Augen nieder und nickte.

»Ich glaube«, sagte sie, »wenn ich ausgetrunken habe, wird es Zeit zu gehen.«

»Nein!«, sagte Holger etwas zu schrill. »Nein«, wiederholte er leiser und räusperte sich. »Warum denn? Ich habe heute nichts mehr vor.«

Linda sah ihn an, damit er weiterredete, machte ihm selbiges jedoch durch eben ihren Blick nicht leichter.

»Ich meine«, sagte er, »wieso sollen wir allein in unseren Wohnungen sitzen? Der Glühwein reicht noch eine Weile und wenn wir etwas Musik auflegen …« Er brach ab, weil Linda nach seiner Hand griff.

»Ich hatte gehofft, dass du das sagen würdest«, sagte sie. Und nach einer Pause fügte sie hinzu: »Ich bin sonst nicht so.«

»Ich auch nicht«, versicherte Holger.

Frau Hutwelker stieß Holger ihren Ellenbogen in die Seite und machte eine Kopfbewegung zum Fenster hin. Er folgte ihr.

»Ich sach dat nich gerne, mein Junge«, sagte sie, »abba wenn dat so weitergeht …« Sie holte einmal tief Luft. »Dann wird dat dat schönste Weihnachten der letzten zehn Jahre. Weisse, seitdem mein Erwin unterm Torf is … Kennze dat, wenne denks, da muss doch noch einer sein, der waa doch imma da, datt geht doch nich, dat der weg is, da is doch sowatt wie'n Loch, wo der reingefallen is. Also, er is weg, aber dat Loch is noch da. Kennze dat?«

»Nicht so wie Sie.«

Frau Hutwelker nahm einen Schluck Glühwein. »Na gut, er war auch n Sauhund, der Erwin. Abba er war MEIN Sauhund!«

»Und Marco?«

Frau Hutwelker richtete ihren Blick auf die Straße. »Kumma, wie ruhich dat is. Datt is ne Ruhe, die hasse nur Weihnachten. Nur am Heiligen Abend. Da willze da stehn und nur hörn, wie ruhich datt is.«

»Ich weiß, was Sie meinen.«

»Ich hör sonnz so Kerle ganich zu. Abba heute …«

»Was meinen Sie?«

»Na hier, den Kerl in dem roten Mantel, mit dem dreckigen Baat. Du glaubsse, so wat habbich ja noch nich gesehen! Abba ne angenehme Stimme hadda gehappt. Gesungen hadda! Ich bin stehen geblieben und hab dem zugehört, weil der sonne schöne Stimme gehabt hat, so tief, weiße. Sonn bisschen wie der Marco. Ich denk, mich trifft der Schlach, wie der mich anspricht und sacht, ich soll da umme Ecke gehen, da bräuchte eina meine Hilfe. Ja, und watt soll ich sagen? Kaum geh ich umme Ecke, komms du Handtuch aus der Zelle geschossen und blaffs mich an! Ich dachte, watt is datt denn für einer! Tja, also ohne den alten Seeger mit dem roten Mantel wär ich wohl nich hier. Is schon komisch, watt?«

»Hatte der Mann eine Gitarre dabei?«

»Woher weiss du datt?«

»Ist Ihnen an den Saiten nichts aufgefallen?«

»Da habbich nich drauf geachtet. Abba eins will ich dir ma sagen: Zu deine Nachbarin, da bisse demnächst ma n bissken freundlicher. Die haddet nämlich aunich leicht! Meine Tasse is leer. Gibbet nowatt?«

Ohne eine Antwort abzuwarten, schlurfte die noch immer schuhlose Frau Hutwelker in die Küche. Holger betrachtete die kleine Frau Mikat in ihrem dunklen Kleid mit der Gemme auf dem

Schlüsselbein. Schüchtern, die Knie zusammengedrückt, sah sie Holgers Vater an, der seine Stimme auf sie wirken ließ.

»Wo bleibt denn die versprochene Musik?«, fragte Linda, die plötzlich wieder neben ihm stand.

Holger wollte gerade die Anlage einschalten, als es schon wieder klingelte.

8

Alle Gespräche verstummten. Man blickte in die Runde, als wollte man sagen: Wer kann das sein? Wir sind doch vollzählig. Als es zum zweiten Mal, schon etwas ungeduldiger, klingelte, erinnerte sich Holger an seine Pflichten als Hausherr, ging zur Tür und betätigte den Öffner für die Haustür. Im gleichen Moment wurde gegen die Wohnungstür geklopft. Holger öffnete und Udo stand vor ihm.

Er hatte sich verändert. Sein Weihnachtsmannkostüm war sauber und zeigte ein kräftiges Rot. Auch den Bart hatte er sich gewaschen und er roch auch gar nicht mehr nach Alkohol.

»Hallo Udo«, sagte Holger und lächelte. So richtig überrascht war er nicht.

»Hab ich nicht gesagt, wir sehen uns wieder?«

»Nein, du hast gesagt, du kommst nicht, weil ich keine Kinder habe.«

»Wirklich? Na ja, hier bin ich.«

»Komm rein!«

»Ich dachte, du sagst das nie!«

»Glühwein?«

»Danke nein. Bin im Dienst. Hier lang, nehme ich an?« Udo zeigte Richtung Wohnzimmer und ging gleich los. Die Gitarre, die er sich auf den Rücken geschnallt hatte, sah neu aus.

Die anderen empfingen ihn mit offenen Mündern.

»Dat is der Kerl, der mich umme Ecke geschickt hat!«, rief Frau Hutwelker. Auch die übrigen Anwesenden gaben Laute des Erkennens von sich. Nur Dennis war blass geworden.

»Keine Sorge«, raunte Holger ihm zu, »das ist nicht der Typ, den du um fünfzig Euro erpresst hast!«

Kurz war dem Jungen die Erleichterung anzumerken, dann wurde er wieder blass, weil ihm klar wurde, wen er wirklich um das Geld gebracht hatte.

»Aber du hast ja gesagt: keine Tricks und keine

Bullen«, flüsterte Holger. »Und daran habe ich mich gehalten.«

Udo zog einen schweren, groben Sack hinter sich her, auf den sich gleich alle Augen richteten.

»Nein, nein«, sagte er mit seiner besten Weihnachtsmannstimme und klang nun besonders gütig, »das ist nicht alles für euch. Ihr seid nicht allein auf der Welt. Auch wenn ihr euch manchmal so vorkommt.«

Er griff in den Sack und reichte kurz darauf jedem Anwesenden ein kleines Päckchen. Alle wogen es in der Hand und betrachteten es von allen Seiten.

»Ihr dürft es ruhig aufmachen. So ist es gedacht«, sprach Udo.

Und also geschah's. Frau Hutwelker und Frau Mikat wickelten ihre Geschenke vorsichtig aus und glätteten hinterher das Papier, das man sicher noch verwenden konnte. Linda gab sich Mühe, die kleine, goldene Schleife nicht zu beschädigen, Holgers Vater ließ den Bogen achtlos zu Boden gleiten, während Holgers Mutter und Dennis das Papier ungeduldig in Fetzen rissen. Holger schob sich das Papier in die Hosentasche und wusste doch nicht warum. Vierzehn Augen glänzten.

Udo holte die Gitarre hinter seinem Rücken hervor und sagte: »Ich sehe nur glückliche Gesichter. So ist es gut. Und denkt daran: Wenn es mal nicht so läuft, gibt es immer irgendwo einen Song, der euch trösten kann.«

Und dann fing er an zu spielen.

Holger kannte die Stimme, kannte das Lied und kannte den Text.

At my door the leaves are falling / A cold wild wind has come / Sweethearts walk by together / And I still miss someone.

Holger wusste genau, was gemeint war. Auch in Lindas Blick glomm innigstes Verstehen.

I go out on a party / And look for a little fun / But I find a darkened corner / Because I still miss someone.

Holgers Mutter wischte sich eine Träne aus dem Augenwinkel. Dennis hockte sich auf den Boden und dachte an seinen Vater.

Oh no, I never got over those blue eyes / I see them everywhere / I miss those arms that held me / When all the love was there.

»There's someone for me somewhere …

… and I still miss someone.«

Frau Mikat ergriff Frau Hutwelkers Hand.

I wonder if she's sorry / For leavin' what we'd begun / There's someone for me somewhere / And I still miss someone.

Eine Sekunde nur verdunkelte sich das Gesicht von Holgers Vater. Und Holger selbst dachte an Carola und wusste, dass er ab jetzt nicht mehr so oft an sie denken würde. Und wenn, dann anders.

Als das Lied schon eine Weile zu Ende war, saßen sie alle noch da und hingen ihren Gedanken nach und summten mit glänzenden Augen die Melodie. Holger sah, wie Udo ans Fenster trat und es öffnete. Er legte seine Gitarre auf den Boden und stellte sich drauf, doch sie zerbrach nicht, wie Holger erwartet hatte. Nein, plötzlich begann sie zu schweben. Udo winkte Holger zu und schlüpfte nach draußen. Holger trat ans Fenster und sah Udo auf seinen sechs silbernen Saiten am Himmel langsam verschwinden.

1 2 3 4 07 06

Umschlaggestaltung: Peter Schössow
Umschlagtypografie: Christiane Hahn
Lektorat: Matthias Bischoff
Layout und Satz: Susanne Reeh
Druck und Bindung: Clausen & Bosse, Leck
ISBN-10: 3-8218-4963-0
ISBN-13: 978-3-8218-4963-8

Verlagsverzeichnis schickt gern:
Eichborn Verlag, Kaiserstraße 66, D-60329 Frankfurt am Main
www.eichborn.de